NYTT BALSAM

Denna bok hade inte varit möjlig utan Gud, min man, övriga nära och kära samt mina vänner! Stort tack till er alla för stöd, bön och testläsning.

För mer info om författaren samt kommande böcker besök: https://author.awsome.se

ANNELI WAHLSTEDT

NYTT BALSAM
– för själen

Omslagsdesign: BoD – Books on Demand
Bibelcitat ur 1917 års Bibelutgåva

Förlag: BoD – Books on Demand, Stockholm, Sverige
Tryck: BoD – Books on Demand, Norderstedt, Tyskland

ISBN: 978-91-7569-021-6

PROLOG

I vår värld ska man oftast åstadkomma
något för att få kärlek.
Tänk om det kan vara precis tvärtom?
Att du inte behöver prestera för att bli älskad.

Med bultande hjärta dröjer Meta sig kvar i strålkastarljuset. Alla står upp. Hennes ben skakar och hon vill bara stanna världen i detta ögonblick.

– Tack Stockholm! Ni är den bästa publiken! Applåder och visslingar blandas med Meta Dimborgs röst som dånar ut ur högtalarna. Hon är till beskådan som en ovanlig blomma men det är beundrarna som är hennes mylla. Meta låter sig beröras av deras närande kärlek, men den tycks aldrig vara nog.

Ängslan gör att Meta huttrar till. Hon är inte förvånad eftersom det är sista konserten för säsongen, men den här gången är det värre än vanligt. Känslorna försöker tränga sig in i hennes lerklump till hjärta med oförutsägbara intervall.

Meta gör allt för att inte smäktande tårar ska ta överhand och fokuserar istället på att sätta fast micken på stativet.

Hon rättar till de stora axelvaddarna på sin mintgröna kavaj och vinkar till publiken. Två tjejer som har tuperade frisyrer och neonfärgade örhängen vinkar tillbaka och ställer sig i den ringlande kön. Meta skriver autografer på löpande band, till doften av hårspray mixat med sockersött bubbelgum. Till sist kommer även de två tjejerna fram till scenen.

– Jag gillar verkligen dig, säger den ena som har blå mascara.

– Tack! svarar Meta och ler mjukt.

Hon signerar ett idolkort och kramar om tjejen, som rodnar.

– Vilken låt tycker ni bäst om?

– Jag gillar den som är en blandning av synt och rock, säger den andra med största håret och blåser sin lugg ur ögat.

– Aha! Du menar 'Hjärtats otakt', svarar Meta och klappar rytmen samt sjunger några rader.

– Jaa, säger de två tjejerna med en mun och gör det speciella handklappet sällskap.

– Ni kan ju den. Vad kul! utbrister Meta.

– Vi har din nyaste LP-skiva. Vi båda, svarar tjejen med luggen.

Hon drar i sitt tuggummi och ser sig om mot utgången.

– Vilken klass går ni i?

– Åttan, svarar hon med blått smink.

Metas minnen vänder tillbaka till högstadiet. Idolerna var hennes vänner. Musiken och låttexterna blev till uppmuntran när hon kände sig som mest ensam.

– Vi måste gå.

Tjejerna viftar med autografkorten, säger tack och ett flyktigt hejdå.

Deras fnitter och prat tonar ut. Bortom dem har publiken börjat trappa av. En efter en. Till slut ser Meta bara ryggarna på de sista få som sakta rör sig mot exit-skylten. Hon blir ensam kvar när gästerna går hem. Rastlösheten klamrar sig fast. Samtidigt skönjer hon ett visst mått av förväntan på något mer, trots att alla hennes önskningar redan slagit in.

– Lova att ni kommer tillbaka, viskar hon och fluffar till håret.

Nu väntar några månader av jobb i studion och testkonserter i badrummet. Meta ska skriva gångbara hitlåtar till nästa premiär.

Plattityder ... Jag vill ju komponera något som berör. Inte regnig rock eller melankolisk pop som jag gör nu. Utan något som lyfter ännu mer, ger gåshud och drabbar själen. På djupet. Sådant vill jag ... våga skriva!

Metas andetag blir tunga.
Men hur?

Långsamt går hon mot högtalarna för att hämta den rosa nallen som hon fick av sin mamma efter att hon medverkat i sin första tv-sändning, för fem år sedan. Det var samma dag som Meta fyllde tjugo. Mjukisdjuret har varit med på alla konserter sedan dess. Nallen får en lång kram, medan Meta blickar uppåt och ser dammkorn som virvlar fritt i motljuset.

– Jag har beställt en taxi åt dig!
Meta hoppar till av rösten och vänder sig hastigt om.
– Den är här om en kvart, ungefär. Vi ses nästa vecka igen! fortsätter managern och höjer en hand till vinkning.
– Tack, vad bra! Vi ses, svarar Meta och nickar mot honom. Kan du förresten hjälpa ...?
Meta hinner inte fråga klart förrän managern försvinner in i kulisserna.

Hon suckar, placerar nallen under armen och kånkar med möda bort sin pall som inte är till för höjdrädda. Klackarna låter som dova trumslag när hon går över golvet. Innan det är dags att kliva av scenen tittar hon ut över de tomma bänkraderna en sista gång. Exakt då släcks strålkastarna.

Väl inne i logen sparkar Meta av sig sina svarta pumps och byter om till tubsockor och gympaskor. En tacksam utandning, tårna sträcks och får vicka fritt. Meta plockar raskt ihop sina saker för att gå ut till taxin som ska föra henne hem till våningen.

Fredagskvällens puls speglar sitt neonljus i fasader av glas när taxin passerar innerstan. Leende uppklädda människor står i kö utanför de populära inneställena. Meta både längtar och inte längtar efter umgänge. *Det var längesedan jag träffade mina vänner. Borde ringa någon imorgon. Kanske?*

Dörren till den grandiosa fyrarummaren gnisslar bekant. Meta är tacksam för managerns tilltag när hon slog igenom, även om hon själv hade tänkt sig en nätt vindsvåning. Hon sträcker in handen, trycker vant på strömbrytaren och möts av en lukt som ur en bortglömd garderob. Ingen är här och väntar på henne.

Plafondens svaga ljus räcker för att avslöja att Meta måste vada genom veckans post för att ta sig in. Hon fångar upp ett stort sjok av kuvert, magasin och reklamblad som hon stuvar ner i tidningskorgen på vägen in mot köket.

– Aj!
Meta råkar få ett skärsår av ett papper och per automatik åker pekfingret in i munnen medan ett brev ur högen dalar ned mot golvet.
Flygpost.
Meta fnissar kort men känslan av tomhet är svår att skratta bort.

Hon går in i badrummet och letar efter plåster i medicinskåpet. Bakom förpackningar av olika slag finns bara stora kvar. På fingret ser det mest ut som ett bandage. Meta provar att spela luftsynt, sedan drar hon bort plåstret.

Ute i hallen igen böjer hon sig ner för att ta upp brevet. Det har ingen avsändare så nyfikenheten tar över.

'Festinbjudan. Lördag i stugan på Ingarö, hos Pia.'

Meta blir en gnutta gladare. Hon kliver in i sin kläd-
kammare.
– Var kan jag ha lagt festkläderna? mumlar hon för sig
själv.
Skärpen som hänger på en krok skramlar när Meta
råkar komma åt dem med axeln. Hon tråcklar sig förbi
kassar på väg in i det trånga utrymmet och snubblar
över skokartonger som är allt annat än i ordning. En
rosa klänning med sjömanskrage får flytta upp från
golvet medan Metas ögon letar vidare. Hon kikar upp
mot de översta hyllorna och råkar få syn på hörnet av
det gamla fotoalbumet. Hon ignorerar det till en bör-
jan men det låter inte henne vara ifred. Det är som om
det vill säga *'Jag är inte farlig längre'*.

När Meta väl blåser bort dammet på ovansidan och
börjar titta på fotona bryts de hoppfulla tankarna om
morgondagens festligheter tvärt.
– Nej, nej, viskar Meta och rynkar ihop pannan.
Jag har ju allt jag kämpat för nu och lyckats bli någon
som andra kan älska, övertalar hon sig själv i tanken
men pulsens dunkande bara ökar i öronen.
Meta slungar iväg tragedin som andra benämner foto-
album, så att den hamnar bakom några resväskor. Hon
trixar sig kvickt ut i hallen och blir yr. Där griper pa-
niken tag och kramar om luftrören.

Den slokande monsterans blad svajar kraftigt när hon
rusar förbi den. Hon tar raka vägen till skivbacken i

13

vardagsrummet. Plockar fram en speciell LP–skiva och tar den ur sitt konvolut, som hennes mamma kallar det. Med darrande händer lyckas hon efter en stund få nålen att dimpa ner i spåret.

Knastret övergår till rena toner och Meta drar kvickt ner rullgardinerna, lägger sig på soffan och blundar. Rännilar med tårar strömmar ner mot öronen. Oron dämpas. I sitt inre låtsas hon vara Camille som verkar hyllas med amorös skönsång. De franska orden får henne att smälta som choklad en sommardag. Allrahelst hade hon velat förstå texten också.

Meta blinkar några gånger innan hon sakta
öppnar ögonen helt. Utvilad sträcker hon på sig. Hon
blir glad av ljusstrimmor som snirklar sig förbi rull-
gardinerna och väcker liv i mönstret på strukturtape-
ten. När hon sätter sig upp hör hon att skivan har fast-
nat i ett hack.
'*Didideda, didideda*', låter det.
Meta stoppar fötterna i tofflorna. Fnissar och struttar
mot skivspelaren för att lyfta pickupen innan hon gör
sig iordning.

Meta mår bättre och ser fram emot att träffa Pia. En av
hennes få riktiga vänner. En som hon kan vara sig
själv med. Meta plockar fram den finaste kråsskjortan,
ett par svarta byxor och därtill de rutiga hängslena.
Hon lägger allt på sängen med det zebrarandiga över-

15

kastet. Från den vita byrån i hallen tar hon upp inbjudan för att försäkra sig om klockslaget. En blick på väggkalendern och Meta inser att festen redan varit, förra lördagen.

– Åh nej! suckar hon och börjar hänga undan finkläderna.

– Fast ...

Meta stillar sig mitt i en rörelse, med en galge i handen.

Jag kanske ska åka ändå? Om Pia är där kan jag ju överraska henne.

Meta ler åt sin egen idé.

Bussen bromsar in vid en hållplats nära stenhällarna. Det vidsträckta havet som böljar vid horisonten ger Meta ett kort andrum innan hon går iväg längst skogsbrynet mot stugorna. Doften av mossa ackompanjerar henne när hon närmar sig det lilla röda huset. Några knack på dörren men ingen öppnar. Meta kikar in genom ett fönster. Innanför finns bara ett ödsligt kök med spår av presentpapper. Hon tittar ned på buketten och kanelbullarna samt kameran som fått följa med.

Meta promenerar ut mot havet igen. I ögonvrån skymtar hon några personer som går en bit bort. Ett par i hennes ålder och en ensam kvinnogestalt bakom dem.

Kvinnan har en sjal på huvudet. Hon rör sig elegant och hennes ansikte verkar vara mjukt fårat.

Meta vandrar över de ojämna klipporna och trädens kala grenar dansar i blåsten. Hon stannar upp och kippar efter andan. De oändliga vågorna gnistrar som strass i solnedgången. Meta lyfter kameran och börjar ställa in fokus för att fånga landskapets mäktiga språk.

Bruset låter som avlägsna applåder. Meta blundar och ser publikhavet tydligt. En känsla av värme strömmar igenom henne när hon förnimmer toner till en ny melodi. Hon dras med i sin dagdröm men tappar balansen och ramlar. Tar emot sig med sin högra hand. Något knakar till. Meta kvider av smärta och det svartnar framför ögonen.

– Kära barn vad har hänt? Är du här alldeles ensam?
Kvinnan med sjaletten står intill henne.
Meta tycker inte att hon är så liten även om hon just nu känner sig lika ynklig som när hon var fem år och behövde tröst.
– Jag ramlade. Skulle egentligen till Pia ...
Meta pekar i riktning mot stugan.
– Men hon var inte där så jag gick hit för att fotografera istället, fortsätter hon.
Kvinnan är mager men stark. Hon lyckas dra upp Meta på fötter igen.
– Då skulle du varit här förra veckan. Pia hade kalas och det var många gäster.

Meta drar på munnen men säger inget.

Kvinnan klämmer försiktigt på Metas hand och tar kvickt av ringarna och armbandet.

– Vad gör du? frågar Meta och ryggar tillbaka.

– Räddar dina accessoarer så att de inte ska behöva klippas bort från din svullna hand, säger kvinnan med mjuk röst.

– Åh tack! svarar Meta och lyfter ögonbrynen.

Hon får tillbaka smyckena och stoppar dem i sin jeansficka. Kvinnan granskar henne noga.

– Bra att din tröja inte smiter åt runt armen men jag tror att du behöver åka till en doktor och kolla upp din hand.

– Då måste jag försöka beställa en taxi.

– Min man kan köra dig.

Meta backar ett steg, besvärad av hela situationen.

– Varför är du så ...?

Meta hejdar sig.

– Varför jag är ... snäll?

Kvinnan ler milt och utstrålar värme.

– Du förstår ... jag har jobbat som hemsamarit under hela mitt arbetsliv och lärt mig vad det kan betyda att ta hand om sin nästa.

– Tack, piper Meta svagt.

Ur Metas minnesbank sipprar klassrummet fram. Lukten av det nyligen våttorkade linoleumgolvet får sällskap av lågstadieläraren som läser ur Bibeln, berättelsen om den barmhärtige samariten. Meta skönjer den

stora gröna griffeltavlan bakom katedern, där bok,
kapitel och verser står skrivna med vit krita.
Kvinnan intill fortsätter att prata.
– Kom, vi går till vår bil. Ska bara hämta maken så vi
kan ila till närmsta lasarett med dig.

Metas blick vandrar mellan bilen och det äldre paret.
*Undrar om de vet vem jag är, fast de inte säger nå-
got?*
– Sätt dig här framme, säger damen med sjaletten och
öppnar bildörren.
Meta slår sig ner i passagerarsätet och får hjälp med
bältet av kvinnan.
– Viola kan sitta bakom dig, säger hennes man som
presenterar sig som Gösta.

Han startar bilen och ler mot Meta. De åker förbi träd
som blir till buskar och sedan till höga hus. Vägbelys-
ningen vandrar in genom sidorutan i skymningen.
Ljuset blir starkare och svagare. Det är sövande men
när bilen kör i ett gupp vaknar Meta till av smärtan i
handleden. Hon ojar sig så tyst hon kan.

– Hur går det? undrar Viola.
Meta vänder sig om och ler brett som om hon stått
framför fotografen.
– Det går bra men ...
– Du är tapper du! Jag förstår att du har ont men för-
sök att andas lugnt och blunda, uppmuntrar Viola.

Meta låter ögonlocken falla på nytt. Gårdagens varma applåder omger henne. Till det yttre är hon ett välpolerat skal men inuti känns allt som äggröra. Hon skakar av sig den genomträngande ledsamheten och kikar kort på sina svullna fingrar.

Metas hjärta hoppar till. Det blanka nagellacket har börjat krackelera.

Jag släpper av dig här. Ser du akutintaget?
Maken till sjalettdamen visar riktningen med handen.
Meta nickar.

– Ni är så snälla! Här får ni!

Meta sträcker fram blommorna och påsen med kanel-
bullarna mot honom.

– Tack så mycket! Viola uppskattar bullar till kaffet,
säger Gösta som ler glatt och pekar mot sin fru.

– Hoppas det går bra för fröken nu, säger Viola. Vad
var det du hette nu igen?

– Meta, svarar hon och ett spontant leende träder
fram.

– Det låter bekant på något sätt ... men ta det försik-
tigt! säger Gösta. Är du ute på Ingarö någon mer gång
får du gärna komma förbi och säga hej om vi är där,
fortsätter han samtidigt som Viola byter plats och

placerar sig i framsätet.

– Gud välsigne dig! säger Viola innan hon stänger dörren.

Meta känner en ilning längst ryggraden men lyfter leende sin vänstra hand och vinkar kort innan hon genar över gräsmattan mot ingången.

❦❦❦

Under tiden som Meta väntar på sin tur på akuten letar hon efter något att läsa bland sönderbläddrade vecko- magasin. Väljer ett med kändisar på omslaget och sätter sig i soffan som ser mjukast ut. Det är tomt i väntrummet, men i korridoren hörs fotsteg av läkare och sköterskor som jäktar förbi. Efter en stund kom- mer det in en kvinna tillsammans med en flicka som har tofsar i håret. De slår sig ned i soffan mittemot. Flickan viskar något till kvinnan som i sin tur genast stirrar på Meta.

Hon är van, för det händer ganska ofta att folk beter sig så. Deras ordlösa uppmärksamhet får Meta att känna sig betydelsefull, men nu skäms hon också ef- tersom hon varken är uppklädd eller orkar le.

Meta fortsätter ögna igenom tidningen. Hon fastnar vid en rubrik. Det knyter sig i magen.

'Stor kändis - men inte längre.'

En känsla av otillräcklighet växer när Meta läser vidare om en sångerska hon beundrar. Halvvägs in i artikeln dyker en lista upp, med artister som står på tur.

Skvallertidningen dimper ner i golvet. Meta sväljer flera gånger. Önskar att hon haft en rustning att gömma sig i. Meta kikar upp för att se om kvinnan och flickan fortfarande iakttar henne men de är borta.

Vid en kortvägg finns en bokhylla och en Bibel som fångar Metas blick. Den verkar vara i det närmaste oanvänd. Det finns ett istoppat bokmärke vid Lukasevangeliet. Meta vänder planlöst blad efter blad. Sedan upptäcker hon texten om den barmhärtige samariten, i kapitel tio. Verserna fyller Meta med värme och framkallar inre bilder på Violas omtanke.

Efter att Meta blivit undersökt slås handen in i gips och sätts i bandage. En spricka i strålbenet var det visst.

– Om det kan vara till någon glädje mitt i eländet så ääälskar min dotter dina låtar, säger läkaren innan hon räcker över receptet på värktabletter. Hon skulle bli överlycklig för en autograf.
– Tack, vad roligt! Klart jag ordnar det!
Meta sträcker sig för att ta emot det gula papperet men fingrarna lyder inte.
– Fast nu får din dotter vänta tills paketet med auto-

grafhanden kan öppnas.

Läkaren skrattar och Meta ger ett löfte om ett signerat kort.

❦❦❦

Meta kränger av sig skorna och går fram till spegelväggen i hallen. Det mörka håret är fortfarande någorlunda burrigt efter dagens strapatser.
– Tack och lov för permanent, viskar hon och tvinnar en slinga runt ett finger. Tuffa minnen smyger sig närmare. Allt började när Meta gick i mellanstadiet. Glåporden om hennes tunna hår. De sade att ingen kunde älska henne. Det är annorlunda nu. Meta lipar kaxigt åt sin spegelbild men känner sig inte lika tuff inuti.

Hon ser osäkerheten i sina ögon och vänder raskt spegeln ryggen för att hitta något att förtära i köket. En dricka som svalkat sig i kylen och ostbågar får duga för ikväll. Handleden värker så hon sköljer ner en tablett innan hon sätter sig framför sin synt.

En poster med en solnedgång hänger i blickfånget. Tonerna stänker runt i Metas tankar som vågorna vid havet. Hon andas lugnt och för varje inandning hoppas hon hitta den nya musiken som bubblar någonstans inom henne. Men varje utandning ger krypningar i kroppen och hennes enahanda klinkande på keyboarden hjälper inte. Till slut trycker hon till med hela underarmen på klaviaturen. Synten tjuter som en ostämd siren.

Meta klampar in i vardagsrummet och slänger sig ner i ett hörn av soffan. Inte ens kuddarnas neonfärger eller den rosa nallen i andra soffhörnet, får henne att se något annat än en nedtonad gråskala. Hon vill ringa sin mamma. En hastig glimt på klockradion ovanpå sidobordet och Meta får lov att konstatera att timmen är sen.

Mamma sover nog redan. Dessutom skulle hon inte förstå. Hon säger bara att livet inte alltid är glatt och tjatar om att jagandet efter berömmelse inte gör någon lycklig.

Meta påminns om fragment från senaste terapitillfället. Hon kommer inte ihåg ordagrant men det handlade om att känslor kan vara ett sätt för kroppen att påkalla uppmärksamhet när själen inte mår bra. De fungerar som ett inbrottslarm medan medicinen bara är avstängningsknappen. För att få bukt med själva brottet behöver man ha djupare samtal.

Meta lägger sig ned i soffan och trycker på bandaget som för att testa om det kan gå att stänga av värken.

Morgondagen är nära när Meta till slut somnar. Hon

drömmer om en värmande vind som sveper emot
henne. Hon är den vackraste rosen på slätten och luft-
strömmen dansar runt henne. Men brisen gör också
jorden torr.

I sin egen skugga ser hon de ståtliga kronbladen virvla
ner till marken och hon liknar mer den tilltufsade
maskros hon egentligen är. Vinden överger henne och
blåser vidare till nästa blomma. Någon skrattar och
undrar vart hennes barmhärtiga samarit tagit vägen?
Mamma kommer förbi och säger att det inte är så
klokt att bygga en hel karriär på bara revansch, för det
märks att det inte är äkta.

Meta svarar att hon längtar hem ... men vet inte vad
hem är.

Morgonen gryr. Meta öppnar ögonen och grymtar av den ömmande handleden. På något sätt lyckas den dock inte överrösta det som gör ont inombords.

– Det här går inte längre, viskar hon tyst.

Meta sätter fötterna på det iskalla parkettgolvet. Tofflorna står en bit ifrån. Hon trippar fort fram på tå, som en katt som inte vill bli blöt om tassarna. Magen kurrar och hjärnan går på tomgång. Hon plockar fram frukost och hoppas få ny inspiration.

Meta gör mönster i smulorna på tallriken med en sked, medan tepåsen skrumpnar i koppen. Smörgåsen med leverpastej och gurka har stillat den värsta hungern, men känslorna inom henne mixas ihop till ett drama. Meta frustar till och känner sig nojig. Som om hennes

liv endast är fyllt med sådant hon inte kan stå för.
Tankarna om hennes förflutna trasslar ihop sig.
– Jag måste göra något annat, mumlar hon. Något
nytt!
Stolen ger ifrån sig ett skärande ljud när hon reser sig
och vänder sig om. Hon drar upp persiennen och ser
himmelens tårar strila ned på utsidan av rutan.

Fast Meta är trött drar hon beslutsamt på sig jackan
över den blommiga blusen, stoppar nycklarna i fickan
och greppar sitt paraply. Biter sig i läppen och sneglar
mot badrummet.
Borde jag inte stanna hemma?
– Nej, ut i luften och regnet! säger hon övertygande
till sig själv och smäller igen ytterdörren.

Meta vet inte vart hon är på väg men går med raska
steg förbi husen nära kyrkan. Hennes inre samtal är
lika oberäkneligt som de friska vindarna. Meta har
svårt att släppa det som stod i tidningen i väntrummet.
Kan hon ge dem något annat och mer förvånande att
skriva om? Möjligheter böljar runt i hennes tankar
med samma intensitet som ösregnet krusar pölarna.
Det bränner till i magen och Meta drar in luft genom
näsan.

Hur ska jag snabbast bara kunna ...?

I det ögonblicket övermannar en vindpust hennes regnskydd. Det ser ut som en röd manet som hjular bort i blåsten. Meta hejdar sin framfart tvärt, likt en häst som vägrar hoppa över ett hinder men bestämmer sig sedan för att springa efter.
Någon kan ju skada sig.

Tårarna blandas med tunga regndroppar. Hon tar upp paraplyet och försöker vända det rätt utanför den stora kyrkporten.
– Åh, det var väl ett envi...
– Kanske funkar det bättre inomhus? säger en man med vänlig röst.
Han skyndar sig fram och håller upp dörren. Meta blinkar sakta några gånger.
– Tack, snyftar hon och kliver in.

Paraplyet viker ödmjukt ihop sig när det smyger förbi dörrposten. Meta vet inte om hon ska skratta eller gråta. Hon ska just vända sig om för att gå ut igen, men stannar till när hon tittar upp. Skönheten i kyrkan får hennes hjärta att rusa. Även om rummet är enormt känns det omfamnande med de tända ljusen. Meta dras in som av en magnet. Smyger ända fram till altaret och betraktar det iögonfallande konstverket.

Trots att Meta känner sig obehörig omsluts hon av ett lugn. Hon slår sig ned på den främre bänkraden med stoppade dynor. Andningen blir långsam och hon förvånas över att hon mår så bra, exakt där hon är.

Tills sorlet tilltar.

Meta rör sig mot utgången men det känns fel att gå mot strömmen. Hon vill undvika ögonkontakt med mötande människor. Att stirra på det vackra stenbelagda golvet blir ett bra alternativ.

När Meta ska passera en person med ovanligt eleganta skor får hon en psalmbok i blickfånget.

– Välkommen! Där kan du sitta.

En kvinna med söndagsfin klädsel tittar bort och pekar mot en bänkrad intill.

– Tack, svarar Meta överrumplad och tar emot boken.

Hon är inte alls inställd på att bli kvar men har inte heller något annat som väntar.

Kvinnan vänder sig mot henne.

– Men se! Det är ju du!

Violas ansikte lyser upp.

– Hur är det med handen? fortsätter hon.

– Åh hej! Det är okej... har tagit en tablett.

Meta hör sin egen spruckna röst men är glad att träffa Viola igen.

– Här får du en dyna att sitta på så du håller dig varm under Gudstjänsten.

Viola ler vänligt.

– Jag är kyrkvärd här sedan en lång tid tillbaka.

– Trodde att du ... eller ni ... bodde på Ingarö?

– Jaha ... nej, nej, skrattar Viola. Vi har bara vår sommarstuga där.

Fler och fler besökare passerar förbi bakom Meta.
Viola sträcker fram psalmbok efter psalmbok och
Meta får parera efter bästa förmåga.
– Oj, förlåt ... jag behöver nog koncentrera mig, säger
Viola. Vi kan ses och prata mer efteråt? Om du vill
förstås?
– Ja! svarar Meta innan hon går och sätter sig tillrätta
på bänken.
Den känns hård och kall mot handen, men dynan gör
ett bra jobb och hon tar av sig jackan.

Ingångspsalmen spelas och alla ställer sig upp. Det är
lika högtidligt som Meta minns från sina få tidigare
kyrkobesök. Mellan böner och läsning av Bibeltexter
slumrar hon till. Medicinen gör att hon inte hänger
med riktigt men öppnar ena ögat när prästen går upp i
predikstolen och börjar tala. Några ord senare sitter
hon med rak rygg och gapar.

– '*Och vad hjälper det en människa, om hon vinner
hela världen, men förlorar sin själ?*' Ja, så frågar Je-
sus.
Prästens ord får Meta att hålla andan. Hennes mål är
ju precis det. Att vinna världen.
Han fortsätter berätta.
– '*Och vad kan en människa giva till lösen för sin
själ?*'

Orden skär rätt in i hjärtat, knockar Meta abrupt och

kortsluter hennes hjärna. Hon vill veta vad prästen mer ska säga men faller in i ett virrvarr av tankar.

Publik. Drömmar. Oro. Känd. Krav. Sår.

I samma sekund förstår Meta vad kärleken från beundrarna gör med henne. Hon för ena handen mot munnen och sänker blicken. Att hela tiden spela en roll och jaga applåder från människor som inte vet vem hon egentligen är, äter upp henne inifrån. Det smärtar att inse att ingen älskar henne. På riktigt. Fördämningen av tårar bränner innan den brister och strömmar nerför kinderna.

– Gud älskar dig, Han är evig och Hans kärlek är konstant, säger prästen.
Meta flämtar till, torkar tårarna och blundar.

Hon ser en solig äng framför sig. Där finns varken prestation eller revansch. Allting är nytt. Meta är en stark slingerväxt som hänger upp och ned i knävecken från en trädgren. Hennes gamla notpapper flyr med vinden samtidigt som småfåglar berikar tillvaron genom spröda melodier. Metas hår dansar framför ansiktet. Friskt och vackert, som om hon skulle använt ett balsam som gör underverk.
Inom Meta bubblar glädjen med sådan magnitud att hon häpnar.

– Ja, Gud älskar verkligen dig. Gud är kärlek och inte

vilken kärlek som helst. Men hur svarar du på Hans inbjudan? undrar prästen som slutord på sin predikan.

En kvinna bredvid Meta ställer sig hastigt upp och utropar ett Halleluja! Meta rycker till och ser förvånat på henne. Kvinnans ögon ler av lycka.

Folk vänder sig om i bänkraderna och granskar dem. Några med pannor i djupa veck. Andra trycker ihop sina handflator och bugar medgivande. Meta är glad att hon sitter. Hon är yr och hettan på kinderna bränner. Meta tittar ner i golvet och sneglar sedan med höjda ögonbryn upp mot kvinnan.

– Sanningen om evigheten kan inte döljas och man ska inte förneka den. Gud vill oss väl och Hans kärlek övervinner allt, viskar kvinnan leende när hon sätter sig igen.

Meta nickar men begriper inte riktigt vad kvinnan menar.

– Vissa är mer inbrottssäkra men när man börjar förstå vad Jesus har gjort och hur högt älskad man är utan att ha presterat något, blir man berörd och får näring. Som ljuv musik i öronen och nytt balsam.

Och nytt balsam ...?
Metas hjärta hoppar över ett slag och hennes ögon förstoras.
Hur kan hon veta?

– För själen, lägger kvinnan till.

Meta är full av oväntade frågor och reaktioner. Hon hinner inte smälta alla intryck som dyker upp i ett rasande tempo. Men när ett ljus utifrån fyller kyrkorummet tycks det lugna henne. Tomheten, som Meta länge känt, motas bort av något nytt som överväldigar och vill ta plats. Det kittlar av nervositet i maggropen men hon upplever samtidigt lättnad. Som om hon kommit hem.

Ett pampigt intro ljuder från kyrkorgeln. Prästen börjar gå mot utgången och alla i kyrksalen ställer sig plötsligt upp. Meta reser sig också, men för snabbt så att hon råkar fumla med psalmboken. På nytt vänder sig folk i bänkraderna mot henne. Denna gång är hon mer samlad, så hon plirar tillbaka med ett brett leende.

Metas händer dras emot varandra och hon vill knäppa dem men gipset är i vägen. Hon får nöja sig med att låta fingertopparna mötas, så gott det går. En förunderlig frid sprider sig inombords och genom den en ny sorts förväntan på morgondagen. Hon tittar uppåt och säger, till sin egen förvåning, ett tack.

Medan de sista mäktiga tonerna av Bachs postludium klingar av tassar Viola fram till Meta och ger henne en näsduk.
– Du kanske kan behöva den?

– Ja, tack, viskar Meta till svar.

– Vill du att jag väntar på dig vid ingången?

Meta nickar ivrigt och Viola klappar om hennes axlar.

– Bra, då ses vi snart.

Med skakande ben och bultande hjärta dröjer sig Meta kvar i ljusstrimman som letar sig in genom kyrkfönstret. Alla står upp. Hon vill bara stanna världen i detta ögonblick.

Författarens tankar

Tre låtar blev upptakten till den här fiktiva berättelsen om Meta. De fick mig att fundera på drömmar, framgång och oron när något tycks saknas samt därtill rädslan man kan känna innan vidden av Guds kärlek och nåd börjar anas.

Vänner som är troende och de som varit hemsamariter till yrket har givit inspiration till karaktären Viola. Boken har också fått en ton av mina egna erfarenheter.

När jag var liten var en av mina högsta önskningar att bli sångerska. Jag älskade att sjunga men var blyg, hade få vänner och var mobbad. På scenen levde jag dock upp och där kände jag mig värdefull. Även om just den drömmen inte uppfylldes fortsatte jag - likt Meta - att leta efter kärlek och bekräftelse. En längtan att få fatt på något som skulle vara för evigt, kramade länge om min ihåliga och oroliga själ.

I den mörkaste och kallaste tiden av mitt liv hände något nytt. Jesus ofattbara kärlek grep tag i hjärtat, det gick inte att stoppa. Plötsligt förstod jag att jag behövde vända om och få förlåtelse. Insåg också att tomrummet inom mig aldrig kunde fyllas vare sig helt eller långvarigt av det världen erbjuder. Den kärleken finns hos Gud, för oss alla. Jag är inte längre i behov av applåder från andra för att känna mig älskad, utan får leva i det starkaste och varmaste ljuset. Det som jag vill dröja mig kvar i.

Jag hoppas att den här boken om Meta ska vara underhållande samt - även om jag inte är teologiskt bevandrad - innehålla ett lager av eftertanke och kanske också väcka nyfikenhet för Bibelns budskap.

I Hans Kärlek, Anneli

Tidigare utgivet:

Herr T – en konstnär med altitud
ISBN: 978-91-7969-998-7
Utgiven på BoD 2022.

Svarvare Edgar Maurits Tufvén
– mindre känd som Herr T –
lever inte det behagliga konstnärsliv han önskar.

Han har tappat tron, hoppet och kärleken. En plötslig händelse ger honom dock en chans att genomföra sitt livs nya mästerverk och till sin hjälp har han den excentriske vännen Jean-Pierre. Problemet är bara Edgars bångstyriga fru, den praktiskt lagda Anita Maria Tufvén som gör allt för att stoppa makens konstnärsplaner.

Vem av dem kommer få sin vilja igenom? Egentligen?

På sidan 41 hittar du ett utdrag ur boken om "Herr T".

För mer info om författaren

välkommen att besöka
https://author.awsome.se

Herr T

en konstnär med altitud

SÄG INGET TILL MIN FRU

Ambulansen kränger till i kurvan när den kör i ilfart
mot sjukhuset. Inuti råder febril aktivitet när ambu-
lanssjukvårdarna gör allt i sin makt för att hålla Edgar
vid liv. Tårarna rinner från hans blågrå ögon av det
intensiva trycket över bröstet. En ihållande smärta
som vittnar om att livet håller på att ta slut.

Edgar drar bort det som sitter i hans ansikte.
– Det var inte så här jag ville ha det, säger han innan
han snabbt försvinner in i en dimmig tillvaro.
– Edgar, ta det lugnt och andas. Du behöver syrgas-
masken. Vi kommer att ringa din fru.
Paniken griper tag i honom och han ryser.
– Snälla säg ingenting till Anita. Hon blir bara arg,
jämrar han tyst.
Åter tappar Edgar greppet om tillvaron. Han är med-
veten men ändå inte.
– Vi behöver ditt födelsedatum.
– Nitton, säger Edgar med svag röst och knäpper sina
femtiofemåriga händer.
– Bra, född nittonhundra ...?
– Nitton, svarar han med en suck.
– Nej, så gammal är du väl ändå inte?

Den ena vårdaren i ambulansen ler lite bekymmersamt mitt i allt drama.

Vad kommer att hända med utställningen? Jean-Pierre har jobbat länge med planeringen. Hur ska jag hantera Anitas ilska? Hur ska det gå för Amanda?

Edgars tankar avbryts och han grimaserar illa av det onda som gör sig påmint inuti hans kropp.
– Vi ska nog få ordning på ditt hjärta. Du kommer att hamna på avdelning nio, säger en av vårdarna.

Edgar försöker be.
– Gud, kära Gud, viskar han. Förlåt ... Hjälp ... Var detta allt?
Han vet inte ens hur man ber längre. Sist måste det ha varit i söndagsskolan. Eller var det när han konfirmerades? På en sekund blir allt tyst och kallt.

På molnet öppnar den ljusskygge budbäraren sakta dörren till rummet längst upp i tornet. Ett svagt knarrande hörs. Han tassar in medan han drar i sin luva så att den täcker halva ansiktet. Budbärarens långa kappa sveper med sig dammet som blir till gyllene konfetti i solstrålarna. Han går fram till det enkla möblemanget mitt i rummet och harklar sig tyst innan han tar till orda.

– God morgon vice! Eh, jag menar Victimus! Anhåller om att meddela att vi har en nybedjare.

Utan att vända sig om vet vice att budbäraren är korrespondent nummer sextiotre med den gnälliga rösten.

– Status? grymtar vice och fortsätter ansa sina växter.

– Akut. Manlig. Ont i hjärteroten.

Vice vänder sig om och det glimmar till i hans rävliknande ögon.

– Kärleksproblem?

– Nej, kroppsliga. Hjärtat sa jag, knorrar den gråklädde mannen.

– Nybedjare alltså? Hmm. Borde inte vara svårt att få honom på fall. Berätta något mer.

Vice lägger ifrån sig redskapen.

– Edgar vill bli färgsprakande konstnär. Tänker mest på sig själv. Dryga femtio år och gift. Ingen daglig andlig kontakt.

– Färg! skriker vice. Du vet väl att allt prat om färg får

mig att se rött. Men ...

Vice spänner ögonen i budbäraren.

– Hur ska vi i hans fall hantera att konstnärer ofta
använder sina gåvor och talanger för att ära skaparen?
frågar vice vidare och hans ögonbryn kanar hastigt
ner.

– Edgar är turligt nog inte medveten om det ännu.

– Toppen! Honom borde vi alltså kunna styra tillbaka
relativt snabbt, säger vice och gnuggar de taniga fing-
rarna som en fluga gnider sina ben. Håll honom sys-
selsatt. Ingen är gladare än jag om vi lyckas behålla
honom på vår sida, fortsätter vice och ler brett.

– Säg bara till när jag ska släppa iväg den första
duvan, piper korrespondenten innan han öppnar dör-
ren igen.

– Det blir lagom inom någon timme, då hinner jag
uppdatera Edgars akt. Och du, ta en vit duva denna
gång.

Vice höjer sitt varnande finger mot budbäraren.

– Vi vill inte orsaka något onödigt tvivel.

PÅ MOLNET

I ett gryningsljus öppnar Edgar sina ögon. Blinkar och ser något vitt framför sig. Det är fluffigt, likt en gigantisk marshmallow. Det är en värld han inte känner igen. Luften är frisk som en mintpastill och allt är stilla.

– Välkommen, säger en röst intill honom.

Edgar kan endast skönja konturen av en figur som sakta träder fram.

– Är jag död?

– Hur mår du?

Edgar försöker känna efter. Han känner absolut ingenting.

– Vad har du för yrke? frågar konturen.

– Svarvare, svarar Edgar hurtigt.

– Haha, du är rolig. Skönt med humor, det gillar jag.

Edgar försöker se sig om men allt är bara dimmigt och det ljudlösa landskapet dånar i hans öron. Det killar under fötterna. När han kikar nedåt inser han att han står på ett moln.

– Ålder?

– Nitton, svarar Edgar. Är jag i himlen?

Han drar nervöst i sina kläder.

Figuren rör sig i slowmotion mot Edgar. Han bär en vit rock. En märklig stråle bryter sig igenom den fluffiga massan så att det gnistrar. Edgar upptäcker något silvrigt i figurens hand.

47

– Nej, du är på mottagningen på förortsmolnet för konstnärer. Det nionde, som årskurs nio i skolan. Det här är endast en registrering för att få ordning på ditt hjärta.

Något nuddar vid Edgars handled. Han blir skrämd och i panik försöker han dra bort sin arm. Konturen tar tag i den och talar lugnande.

– Jag ska bara ta ett EKG.

DAGEN INNAN

Dagen innan Edgar fick åka ambulans trampade han som vanligt hemåt på sin gamla cykel. Det grå håret fladdrade i vinden och den matchande vårjackan höll honom varm när han fick extra fart i någon nedförsbacke. Edgar var trött efter dagen på fabriken. Dynamon fick cykeln att gå trögare men den friska luften gav honom ny energi. Han passerade träd med skira löv och åkte förbi några lekande barn, som inte heller ville hem i den något svala majkvällen. Fantasin började skena.

Han styrde cykeln som om den vore en pensel. Han lät hjulen forcera vattenpölarna så det plaskade, medan han själv höll fötterna högt. Däcken skapade svängda flyktiga konstverk på asfalten. Som en tonåring med framtidsdrömmar föreställde han sig en annan tillvaro. En magisk plats där han var artist, en stor idol och ikon nu när Jean-Pierre kommit till konstnärsföreningen. Livet hade blivit lite mer spännande igen.

Herr T, det vill jag kallas när jag blir stor. Jag ska jobba i min ateljé och inte hålla på och svarva.

Edgar log för sig själv. När han närmade sig hemmet tänkte han på sin dotter. Han levde för att måla och spela piano tillsammans med Amanda. Om det inte varit för henne hade Edgar inte varit kvar hos Anita, utan snarare lyckligt skild. Han hade dock försökt att bryta sig loss. Många gånger. Men för att inte såra hade han gjort det så diskret att Anita inte fattat vinken. Edgar visste att hon inte tyckte om att flytta. Därför hade han levt som en nomad och dragit vidare från det ena stället till det andra. Vid varje tillfälle hade Edgar hoppats att Anita inte skulle följa med men hon hade inte givit upp. På något sätt hade Anita bara fått mer kraft av att beklaga sig och vara ett offer.

Samtidigt blev Edgar mer och mer olycklig. Anita hade förmågan att vara som en lejontämjare och han satt fånge i den gyllene buren. Han borde ha sett det redan när de träffades. Han hade egentligen inte valt henne, utan det var hon som hade lockat in honom i äktenskapets cirkus.

Edgar höll in handbromsen så att den tjöt och ljudet ekade mellan bostadshusen. Han såg familjer sitta och äta middag inne i lägenheterna omkring. Det såg gemytligt ut men han undrade om de verkligen var så lyckliga som de såg ut att vara? Han hoppade av cykeln och kollade så att det fanns papper kvar under sadeln, ifall det skulle regna även imorgon. I det gula skenet från gatlyktan drog han in kvällsluften i lungorna innan han sakta öppnade porten och med motvilliga steg tog trapporna upp till lägenheten.

Väl innanför dörren landade han direkt i den krassa
verkligheten och fick slita sig från sitt dagdrömmeri.
Edgar tände taklampan och tog stöd mot den brun-
blommiga tapeten när han krängde av sig stövlarna
och ställde väskan på golvet. Hängde sedan upp jack-
an på en krok.
– Jag är hemma nu, sa han försiktigt.
– Har du hängt upp jackan på galgen så den inte blir
förstörd? hördes Anita fråga från köket.
– Ja, ljög Edgar och flyttade flinkt och ljudlöst över
jackan till en galge.

Anita Tufvén stod där med sitt blommiga förkläde.
Den blå klänningen såg ut som den hörde till. Hennes
mörka lockar satt fast med hårspännen vid öronen.
Något leende kostade hon inte på sig den dagen, hel-
ler. Hon höll i grytan med potatisen och hade just hällt
av det kokande vattnet så att ångan steg upp från disk-
hon.
– Middagen är snart klar.
– Vad blir det?
– Jag köpte rödspätta på extrapris idag, svarade Anita
medan hon sköljde av de frysta ärtorna.
– Vad gott!
– Du kan väl duka fram men ta ut soporna först.
– Jag tänkte rita ett streck eller två, svarade Edgar tyst.
– Vi måste äta nu när maten är varm, sa hon och såg
på sin make med ögon smala som streck.

51

När Edgar kastat soporna mötte han Amanda i hallen.

– Hej! Du har färg kvar i håret.

Amanda log och tog på sig jackan.

– Ska du ut? Jag trodde att vi skulle äta och fortsätta måla direkt efter?

Amanda ryckte på axlarna och blåste en bubbla med sitt rosa bubbelgum. Edgar lyfte på hennes freestyle-lurar och ut strömmade tonerna av en modern låt. Orden beslutsamhet och framtid trängde sig in i Edgars medvetande. Plopp. Bubblan sprack och Amanda slank ur lurarna.

– Du förstör min frisyr! skrek hon.

– Det är kallt ute, ska du inte ha den gredelina jackan?

– Åh, pappa! Det heter lila, svarade hon syrligt.

– Ja, ja. Då ses vi senare, svarade Edgar och log.

Amanda slet åt sig lurarna.

– Nä, jag sover över hos Camilla.

– Det är skoldag imorgon.

– Precis, hon bor nära skolan och du vill inte att jag ska vara ute på kvällarna. Konfirmationsläsningen slutar vid nio idag och då är det sent.

– Jaja. Har du allt du behöver? undrade han.

– Jaa! Jag går nu. Hejdå!

Edgar öppnade ytterdörren.

– Hejdå mamma, ropade Amanda sedan.

Edgar gav Amanda en snabb kram. Hon krånglade sig förbi honom med sin ryggsäck över axeln och skuttade nedför trappan. Han funderade på var tiden tagit vägen och stängde inte dörren förrän porten slog igen.

– Det är bara att äta nu, sa Anita och tog av sig förklädet och hängde upp det på en krok bakom dörren. Köket omfamnade makarna med en förlamande trötthet. De slog sig ner vid matbordet, på varsin sida av den slitna rödblommiga vaxduken i det matta skenet från taklampan. Edgar var glad och tacksam för middagen. Han som aldrig lagade mat själv när han var ungkarl. På tallriken låg den panerade rödspättan i sällskap av ärtor och någon ny dressing som Anita köpt veckan innan.

Edgar var på väg att säga något snällt när han fick syn på assietten med grönsaker och rynkade ögonbrynen.
– Varför serverar du röd paprika när du vet att jag inte tål lukten? frågade Edgar.
– Är den kanske lika röd som din kära anteckningsbok, svarade hon sarkastiskt.
Edgar hajade till.
– Nej, men paprikan luktar illa, svarade han och höll för näsan.
– Du vet vad man säger om hämnden, hördes Anita viska medan hon såg på honom med en intensiv blick som gav honom kalla kårar.
Han låtsades inte höra utan stoppade in en matbit i munnen istället.

Vad vet Anita om min anteckningsbok? Och vad ska hon säga om utställningen? Hon kommer att bli galen när de kallar henne för Fru T.

53

– Nå, hur smakar det?

Edgar blev avbruten i sina tankegångar.

– Du petar ju bara i maten, fortsatte Anita skarpt.

– Det är gott, svarade Edgar och koncentrerade sig för att fånga ärtorna med gaffeln.

Han missade dessvärre och det for iväg en grön kaskad mot golvet.

– Men vad gör du?

Anita knep ihop läpparna när hon suckandes började plocka upp dem.

– Det var inte meningen. Jag tar hand om dem när jag ätit klart.

– Nej, sitt och fortsätt lek du, snäste hon.

Edgar ville säga förlåt men kunde inte förmå sig att göra det när han såg Anitas svarta ögon. Han visste att hela livet var en kamp för henne. En kamp om pengar, mot dammråttorna, om bästa tvättiden. Och framför allt en kamp mot honom. Edgar funderade istället vidare om utställningen.

Borde jag måla trafikljus? Det gröna kan vara ärtor.
Och rött ljus för paprika förstås. Då kan jag använda
min citrontavla för det gula!

Edgar uppskattade sin fantasi, tog en slurk av mjölken och bredde sig en hård macka med ett tjockt lager smör. Bet av en stor tugga och lät allt smälta i munnen.

– Du kommer dö i förtid om du äter så mycket fett,

klagade Anita.

– Äsch det är inte så farligt, mumlade han mellan munsbitarna och lade för säkerhets skull på en extra klick.

Den bruna väggklockan med ett decennium på nacken, tickade vidare utan pardon. Anita hade ätit färdigt flera minuter före sin make. Han hann knappt svälja sin sista tugga förrän hon ryckte bort tallriken och besticken.

– Du var klar va?

Anita trummade med fingrarna på bordet och tycktes vänta otåligt på glaset.

– Ja, tack för maten! svarade Edgar vasst, när han hade sköljt ner alltihopa med den sista skvätten mjölk.

Direkt efter middagen intog Edgar soffläge bland de hemmagjorda kuddfodralen. Han vilade ögonen en stund medan Anita slamrade med disken på andra sidan väggen, bortom deras svartvita bröllopsbild som tycktes ha passerat sin sista förbrukningsdag vid det här laget. Edgar kände till varenda detalj i Anitas rutin. När hon torkat klart disken, fixat matlådorna och putsat diskbänken så den blänkte log hon alltid åt sin egen reflektion med en nöjd min.

I sin slummer sprattlade han till när köket var rengjort. Anita avslutade nämligen alltid med att smälla igen dörren till städskåpet. Tre, två, ett och duns. Ja, nu var hon på plats i fåtöljen. Hon tog fram sitt handarbete och petade på Edgar.

– Sov inte nu! Du kommer inte att kunna sova i natt!

– Jag slumrar bara för att orka gå och lägga mig, svarade Edgar.

Han blinkade med ögonen men slöt dem lika kvickt.

– Vakna, nyheterna börjar snart.

Anitas skarpa röst trängde sig igenom till hans omtöcknade tillstånd. Edgar önskade att han hade haft bomull i öronen. Han lät benen falla ner mot golvet och lyckades sätta sig upp. Hävstång.

Det rasslade när virknålen slog emot fru Tufvéns vigselring. Nystanet med merceriserat garn i bomull snurrade sakta i korgen som stod nedanför Anitas ben, samtidigt blev den rosa duken större och större.

– Imorgon kan du åka direkt till mataffären efter jobbet, sa Anita och tittade upp från handarbetet.

– Jaså?

– Ja, det måste du. Jag kan inte bära allt ensam. Vi ska ha potatis och en massa grönsaker till helgen.

– Jaja. Jag kommer dit efter jobbet.

När klockan slog åtta började Edgar komma till sans på nytt i sitt mediokra liv. När Anita skulle gå och lägga sig kände han sig pigg igen.

– Jag ska rita dagens streck, sa han och lät näsan stolt peka mot taket.

– Det är bättre att du sover och orkar jobba, kontrade hon med beska i rösten medan hon plockade bort en noppa på sitt blå nattlinne.

– Jag har sovit, svarade Edgar förstrött och pekade på
den kudde han vilat huvudet på.

– Hmpf! Man sover i sängen och inte i soffan, mum-
lade hon och stegade snabbt mot sovrummet.

De två kunde inte vara mer olika. Från början drogs
de till varandra. Deras särdrag skulle göra dem till ett
starkt lag i kärlek men det blev inte så. Däremot fal-
nade energin. Blev till misslyckad synergi. Och till
slut en tragedi, i symbios.

Anita var farligt charmig när hon lyckades fånga Ed-
gar. Hon hade förvisso charmen kvar, dock var det
inte längre Edgar som fick ta del av den. Hon sa god-
natt till sin kärlek varje kväll, så även denna. Som
ritual slängde hon en kyss mot bilden på den vackre
mannen, huvudrollsinnehavaren i tv-serien hon följde.
Idolbilden hade Anita klippt ur en tidning och klistrat
fast på väggen i sin garderob, bakom klänningarna.

Edgar visste det men satte sig lugnt vid sitt nötta
skrivbord och plockade varsamt med sina pennor. Han
njöt av deras tyngd i handen. Hur de med perfektion
graciöst förmedlade hans inre bilder direkt ner på
papperet.

Klockan blev tio, elva och till slut ett. Edgar satt kvar
vid sitt skrivbord. Anita som vaknat och märkt att

maken inte låg och sov ännu, tassade upp och såg honom sitta slumrandes framför sina teckningar.

– När ska du sova egentligen? frågade hon med en stämma som fick Edgar att ryckas ur sin dvala.

– Lugn, jag kommer.

– Det enda du kommer att göra är att dö, sa hon med en förebråen de röst.

Och innan hon hunnit tala klart svarade han.

– I förtid. Ja, jag vet.

Edgar kände på sig att hon kanske hade rätt. För honom var det inget problem. Han var oerhört tacksam för att frun var så klarsynt och gav honom ledtrådarna till hur man kunde förkorta sin tid på jorden. Han blev förtvivlad när han mindes en av deras otaliga diskussioner.

– Du kan väl börja jobba om jag blir konstnär?

– Nej, Amanda vill inte det!

– Hon kanske vill det nu? Amanda var faktiskt fem år när du frågade senast.

– Det gäller fortfarande.

Edgar kunde lika gärna ta farväl och tacka livet. Här och nu.

Klockan tre lade sig Edgar äntligen för att sova. På skrivbordet låg en halvfärdig bild i blyerts med en ekorre och en skata. Pennorna var undanplockade och låg i sina skrin i skrivbordslådan.

När klockan slog sex klev Edgar upp och gjorde sig klar, precis som han brukade. Greppade vant sina två matlådor i metall ur kylen och stoppade ner dem i sin rutiga väska. Edgar tog en snabb blick ut genom köksfönstret och bländades av solens strålar. Kände efter så att den röda anteckningsboken låg säkert i innerfickan på kavajen efter att han krånglat på sig sina skor. Han cyklade sedan till jobbet. Den här ovanliga dagen.

HAN ÄR INTE FÄRDIG ÄN

Amandas ljusa hår böljar som ett segel när hon
springer in på sjukhuset med andan i halsen. Jean-
Pierre har svårt att hänga med i svängarna. En skö-
terska visar henne vägen.

Rummet är kallt som ett kylskåp och Amanda huttrar
till.
– Pappa, du får inte dö, säger hon med tårar i ögonen
när hon ser honom ligga där med slangar.
Hon drar fram besöksstolen så att hon kan sitta så nära
som möjligt. Slänger av sig ryggsäcken på golvet och
jackan på ryggstödet och tar hans hand i sin.
– Pappa, du får verkligen inte dö.
Amanda snörvlar och drar tröjärmen mot sina kinder.
– De säger på konfirmationsläsningen att bön hjälper,
så jag kommer att be för dig pappa.
– Han behöver stillhet, säger sköterskan.
Amanda hoppar till av hennes röst.
– Förlåt, det var inte meningen, säger Amanda och
tittar ner i golvet.
– Ingen fara. Du kan fortsätta hålla honom varsamt i
handen, svarar sköterskan vänligt.
– Kan han höra oss? frågar Amanda tyst.
– Ja, det är nog möjligt. Men han kan också vara i sin
egen värld.
– Undrar om han är på sitt moln nu? Han brukar säga

61

att han vill sitta där, sväva och kika ner på världen.

En knackning hörs och ett yvigt ljusgrått hår kikar in.
– Jean-Pierre vad länge du dröjde, säger Amanda.
Fransmannen stiger in i rummet medan han andfådd
ser sig omkring.
– Känner ni varandra? undrar sköterskan.
– Ja, det är pappas ledare. Alltså i konstnärsföreningen
på hans jobb, svarar Amanda och ställer sig upp.
– Monsieur Lendemain, ordförande i konstnärsför-
eningen uppger han och nickar mot sköterskan. Jag
hörde på jobbet att Edgar hade fått åka in. Men det här
rummet är alldeles för kalt för en konstnär. Det saknas
både färg och elegans, säger Jean-Pierre vidare när
han granskar utformningen.
– Det är ett sjukhusrum, kontrar sköterskan barskt.
– Oui! Ja, det förstår jag. Det borde vara ett friskrum.
Hur ska man återhämta sig utan lite flärd?
– Fast du är ju alltid klädd i svart? säger Amanda och
ser road ut.
– Bien sûr! Så klart men titta här, säger Jean-Pierre
och visar fodret på sin kavaj som är en enda röra av
färger i ett abstrakt mönster.
Amanda fnissar kort.
– Konstnärssjälen behöver sitt. Så hur mår han nu, vår
store målare?
– Han behöver övervakning. Han ligger i temporär
koma nu efter misstänkt hjärtstopp, svarar sköterskan.
Amanda sätter sig sakta ner igen.
– Edgar, du fyller snart. Se till att bli frisk tills dess,

säger fransmannen och hans ögon fylls med tårar.

Han som alltid är tuff och hård.

– Och så har vi utställningen om några månader! Din debut Edgar.

Fransmannen sväljer hårt.

– Utställning? undrar Amanda och vänder sig mot Jean-Pierre.

– Ja, precis. Under industrisemestern, vet du inte det? Amanda skakar på huvudet.

– Kommer han ens att kunna hålla i en pensel igen? frågar hon.

– Oui, han är inte färdig än! En finsmakare inom konsten kan man lita på, säger Jean-Pierre och håller tummen och pekfingret mot varandra framför munnen.

Amanda lyssnar med höjda ögonbryn.

– Jag har hyrt det gula huset med den prunkande trädgården för evenemanget.

Amanda blåser bort håret ur ansiktet och lägger huvudet på sned.

– Du vet, huset som man passerar på vägen mot fabriken. Det är ju inte direkt Paris förstås, fortsätter fransmannen.

Amanda plirar med ögonen.

– Fast varför? undrar hon.

– Han ska bli känd förstås! Vi ska presentera hans alster för många och startskottet går den dagen han fyller, säger Jean-Pierre.

Han vänder sin blick mot Edgar och talar lugnande.

– Hör du det mon ami, min vän? Jag har bjudit några konstnärer på vernissage. Du kommer göra succé och förundra din publik. Vi kommer att börja spektaklet på din födelsedag.

FÖR ATT LÄSA MER, BESTÄLL BOKEN OM "HERR T" PÅ BOD.SE: